Honorine KABRE YABRE

La valse du roseau dans la tempête

Honorine KABRE YABRE

La valse du roseau dans la tempête

Poésie

Éditions Muse

Cover image: www.ingimage.com

Publisher:
Éditions Muse
is a trademark of
International Book Market Service Ltd., member of OmniScriptum Publishing Group
17 Meldrum Street, Beau Bassin 71504, Mauritius
Printed at: see last page
ISBN: 978-620-2-29700-4

I. IDENTITE

- **Nom** : KABRE née YABRE
- **Prénom** : Honorine
- **Date de naissance** : 14-05-1960 à Ouagadougou
- **Situation de famille :** Mariée, mère de trois enfants
- **Profession** : Sage-femme/Attachée de santé, option soins Infirmiers et Obstétricaux (SIO)
- **Nationalité** : Burkinabé
- **Lieu de résidence** : Ouagadougou, Burkina Faso

II. CURSUS SCOLAIRE ET FORMATIONS DIPLOMANTES

Institutions/Périodes	Diplôme(s) obtenu(s)
1998 **ENSP/CFDS/SESSIO**	**Diplôme de technicienne supérieure** en soins infirmiers et obstétricaux avec titre d'Attachée de Santé en SIO
1998 **ENSP/CFDS/SESSIO**	**Soutenance de mémoire / Thème :** « Prise en charge Médico-obstétricale des accouchées pendant leur séjour à la maternité Pogbi/District sanitaire de Pissy-Baskuy ».
1995-1997 **ENSP/CFDS/SESSIO**	**Formation de Technicienne Supérieure en soins infirmiers et obstétricaux** à la section d'études supérieures en soins infirmiers et obstétricaux (SESSIO).
1983 **ENSP/Ouagadougou**	Obtention du Diplôme de **Sage-femme d'Etat (SFE)**
1977 **Collège Marie Reine Tenkodogo**	Obtention du **diplôme de brevet d'études du premier cycle (BEPC)**
1973 **Ecole Baoghin A/Ouaga**	Obtention du **diplôme du certificat d'études primaires élémentaire (CEPE)**

Honorine KABRE YABRE

LA VALSE DU ROSEAU DANS LA TEMPETE

POESIE

REPERTOIRE DES POEMES

PREMIERE PARTIE :

LE MONDE EN MIROIR

1. LE MONDE EST FOU

L'australopithèque est mort,
L'homme de Cro-Magnon dort,
Le monde a perdu le nord,
Et tous les juges sont en tort.
Tout est folie !

La terre ne tourne plus rond,
Le globe terrestre est moins rond ;
Les océans n'ont plus de fond,
Et en l'homme, plus rien n'est bon.
Tout n'est que folie !

Les quatre points cardinaux sont pêle-mêle,
Car les hommes tournoient sur eux-mêmes ;
La vie est un chapelet de dilemmes,
Et la mort se montre encore plus vilaine.
Tout est folie !

Les pendules n'affichent plus l'heure GMT,
L'individu a créé sa planète GMT,
Où cohabitent : bêtise, cupidité,
Vantardise et vanité.
Ce n'est que folie !

La flamme du mâle s'est éteinte,
La femelle n'a plus d'empreintes,
Car les éprouvettes sont enceintes ;
Elles n'ont que faire des joies de l'étreinte.
Quelle folie !

L'homme n'a plus de mère,
Et son fils a plus d'un père ;
La famille n'est plus aussi chère,
Elle a été vendue aux enchères.
Que de folie !

Maître argent a déclassé Dieu,
Les armes ont envahi les lieux ;
Etre puissant est un vœu pieux,
Et la sagesse se moque des vieux.
C'est de la folie !

La morale a été assassinée,
Ses assassins sont magnifiés ;
Yahvé est bafoué dans Sa Sainteté,
Et Lucifer est adulé dans sa cruauté.
Une vraie folie !

Dans cette folie bigarrée,
La raison se fait désirer ;
L'esprit aspire à se libérer,
Pour que la mue puisse s'opérer.
Folie en détresse !

Mais d'où nous viendra le secours ?
A qui devrions – nous faire recours ?
Au risque de disparaître pour toujours,
Il faudra bien y répondre un jour !
Folie en déclin !

2. BONHEUR A LA CARTE

QUEL BONHEUR !
Que je sois venue au monde
Sans aucun attribut d'homme.
Même si ce n'est pas immonde,
Ce n'est pas non plus l'automne.
Serait-ce alors un bonheur d'aumône ? !

QUEL BONHEUR !
Quand je peux toucher à l'instruction
Sans même demander la permission,
Alors que par simple insémination,
Des milliers auraient eu l'alphabétisation.
C'est un bonheur de discrimination ? !

QUEL BONHEUR !
Quand je n'ai pas à me soucier indéfiniment
De ce que je vais savourer goulûment.
Plutôt que d'apaiser l'affamé en gémissements,
Les restes iront à mon petit chien charmant.
Quel bonheur dénué de sentiments ? !

QUEL BONHEUR !
Quand tous les s'abattent sur Caïn
Sans jamais attenter à ma vie ni à mes biens.
En toute honnêteté, je n'y suis rien pour rien.
Alors il peut se débrouiller avec les siens ;
N'est-ce pas là un bonheur de martien ? !

QUEL BONHEUR !
Lorsqu'une infime partie de ma cervelle
Aura assimilé sans diatribe officielle,
Que bonheur divin est plus que virtuel,
Et bonheur total n'est pas éternel.
Produisons du bonheur, à la mesure humaine !

3. NOCES DE LARMES ET DE RIRES

C'est au cours d'une nuit de mon exil humanitariste et volontaire
Que j'ai débusqué la complicité de ces deux charmants compères.
Pourtant, rien ne les prédestinait à vivre une telle atmosphère,
Mais c'était sans compter avec la magie du hasard des affaires.
Ces deux-là se sont bien moqués de ma mine débonnaire,
Avant que je ne trouve le sésame qui ouvre la porte du calvaire.
Le rire n'est jamais très loin des larmes !

Des jours entiers se sont écoulés, torrides sous les tropiques,
Pendant que mon être entier déversait des torrents de larmes caustiques.
Je ne supportais pas cette solitude de plomb sur mon crâne mythique,
Mais quand même, je trouvais souvent le moyen de m'évader dans l'arctique.
Et alors, mon visage se déridait dans un tonnerre de rires acoustiques.
C'est dire que je passais illico des larmes au rire, avec une élégance méthodique.
Les larmes côtoient toujours le rire!

Quand le froid écartèle l'époux adulé pour vous contraindre à mordre les draps,
Les larmes accourent sans invitation, pour vous accompagner dans son camp.
A la voix du rejeton qui susurre et rassure au bout du fil pour marquer le pas,
Le rire détrône vivement son associé, pendant que la joie s'installe pour le repas.
Leurs ancêtres partagent la même planète « face », n'en déplaise au nez qui en occupe un pan.
Au jour des noces, les larmes ont dégouliné des yeux pour se fondre dans la bouche en rires, avec fracas !
Le bien combat le mal, mais les larmes et les rires sont unis, pour le meilleur et pour le pire !

4. POUR QUE DEMAIN SOIT PLUS SÛR

Mes chers amis,
Au détour du sentier de la vie,
Une catastrophe est vite arrivée ;
Allons à l'école du savoir,
Pour apprendre à tout prévoir !

Camarades de mon pays bien aimé,
La paix n'a pas de prix, ni de coût ;
Mais la guerre coûte des milliers de vies ;
Allons donc à l'école de la vie,
Pour apprendre à cultiver la paix !

Ma chère amie, rappelles-toi toujours,
Et toujours, que l'eau, c'est la vie ;
Nous devons donc ménager la nature,
Pour qu'il n'y ait ni sécheresse, ni inondation ;
Allons tous à l'école de la nature,
Pour apprendre à concilier la pluie et le vent !

Mon bon ami,
La maladie ne peut être une amie :
Elle décime hommes et bêtes, sans pitié ;
Nous devons tous combattre les microbes ;
Allons donc à l'école du savoir,
Pour aider à promouvoir la santé !

Ecoliers de toutes les contrées,
Pour construire le Faso de demain,
Le Burkina aura besoin de grands génies :
Des hommes et des femmes bien instruits ;
Allons tous à l'école du savoir,
Pour conquérir tout le savoir !

5. CE JOUR DE GLOIRE

Avant ce jour, il y eut de l'espoir,
Mais l'espoir fut plongé dans le noir,
Car ils ont découpé mes enfants au rasoir,
Et la douleur a meublé l'onde du soir.
Ce furent de longs jours sans gloire !

Puis les cimetières ont englouti le calvaire,
Mais les enfants ont refusé de se taire.
Au dictat des apatrides et des sicaires,
Ils ont opposé la loi du petit serpentaire.
Les jours ont alors commencé à être lunaires !

Les femmes à l'unisson ont brandi la spatule
Pour colmater le trou honteux de la fistule,
Et les hommes ont aiguisé leurs tentacules,
Et les jeunes sont montés sur des chevaux virils.
Ces jours furent des cartons en tulle !

Puis le patriotisme a surgi en abondance,
Et le courage est accouru en surabondance.
Les mânes des aïeux n'étaient pas en absence,
Et les anges du ciel ont sonné la quintessence.
Ce jour fut un jour de gloire, dans l'allégresse !!!

DEUXIEME PARTIE : L'AMOUR A L'HONNEUR

6. L'ECOLE DE L'AMOUR

S'il en existait, en serais-je maître ou disciple ?
La question n'est pas d'une importance lyrique,
Mais il ne faut pas confondre élève et condisciple,
Au point de se méprendre sur un ami hérétique ;
Ce qui importe, c'est de trouver le lingot exotique,
Car l'école de l'amour n'est pas du tout classique !

De quel genre serait-ce cet amour ? Anodin ?!?
C'est en tout cas une grande aventure de lutins,
Qui ne commence pas toujours avec du masculin,
Et ne se termine pas non plus au simple féminin ;
Le pluriel l'emporte souvent, avec un parfum de jasmin ;
Les articles de l'amour s'écrivent à dessein !

Des couleurs de l'amour, que de tons !
Les lys des champs vous le diront :
Que le vert de l'espoir est un gentil chaton,
Qui se nourrit de poissons d'un rose bonbon
Et s'habille d'une tunique griffée or bouton ;
Les couleurs de l'amour se peignent au rubicond !

Les verbes de l'amour se conjuguent à tous les temps :
Si l'automne a engendré les fleurs du printemps,
L'été s'amuse follement à arracher du chiendent ;
Au rendez-vous de l'amour, il n'y a pas de contre - temps :
Jeunes ou vieux, le béguin peut durer aussi longtemps
Que les âges de l'amour défieront le temps !

De l'amour disséqué au chronogramme ?!?
Il n'y a que ça dans tous les programmes :
Les médecins lui trouvent un cœur d'agame,
Et les philosophes le nomment sans amalgame,
Mais personne ne peut cerner le fond de son âme ;
L'amour, c'est de la musique pour toutes les gammes !

7. L'AMOUR EN NEIGE

BENEDICTION OU HASARD?
Je ne cherche pas à savoir !
Depuis cette rencontre d'un soir,
Jamais plus je ne broie du noir,
Car tu as placé mon cœur dans un ostensoir.
L'AMOUR EST ESPOIR !

SINCERITE OU DESIR ?
Je ne saurai vraiment le dire !
En toi j'ai trouvé un puissant empire,
A même d'abriter tous mes désirs,
Et de me combler de mille et un plaisirs.
L'AMOUR A UNE CERTAINE EMPRISE !

SEVE OU NECTAR ?
Ce n'est pas une question de préférence !
Tu distilles promptement par alternance,
L'une ou l'autre de ces vitales essences ;
Tu fais de ma vie une perpétuelle renaissance !
L'AMOUR EST UNE EAU DE JOUVENCE !

TOLERANCE OU PARDON ?
Tous sont à hisser au diapason,
Quand le dialogue prend une forme de hameçon ;
A toutes les ruses du mal et de la tentation,
Tu opposes toujours une riposte en coton.
L'AMOUR EST MISERICORDE ET DEVOTION !

CHANTAGE OU MARCHANDAGE ?
Il ne s'agit pas là d'une prise d'otages !
Tu offres la manne quotidienne par pages,
Et la leçon du jour en conseil de sages ;
Donner le meilleur de toi est plus qu'un gage !

L'AMOUR EST PARTAGE !

ASSURANCE OU FRILOSITE ?
Calomnie et jalousie seront des invités
Au même titre qu'épreuves et difficultés ;
Tu accueilles chacun avec une dose de fermeté,
Pour bâtir fièrement un trône de longévité.
L'AMOUR EST ETERNITE !

8. ETINCELLES D'AMOUR

Feu de bois par-dessus feu de paille,
Ca brûle et ça fait des écailles.
Feu jailli d'un cœur à l'oreillette d'émail,
Ca fait battre un autre à la chamade,
Avec des étincelles d'amour !

Quand au détour du chemin je l'ai rencontré,
Le monde autour de moi a failli du coup s'arrêter.
J'étais à cent nœuds au désert, dans un conte de fée.
Le prince charmant y était, et m'a auréolée de luminosité,
Avec des étincelles d'amour !

Il brille de toute sa clarté de laine,
Et moi je rayonne d'un bonheur en porcelaine.
L'idylle fantastique de la légende des tourterelles,
Nous pourrions la raconter à travers les venelles,
Avec des étincelles d'amour !

Il ne demande rien d'autre que des baisers en or ;
En retour, il inonde ma vie de précieux trésors.
Quand il n'y aura plus de fleurs pour garnir le décor,
Il sera l'iris rose parfumé de mon soliflore,
Avec des étincelles d'amour !

Ensembles, nous avons dressé une citadelle, belle,
Où sciences et conscience règnent en maîtres fidèles.
Aphrodite même en personne pourra y trouver modèle,
Car nous partageons joies, peines et cocktails,
Avec des étincelles d'amour !

9. L'AMOUR HONORE

Mon amour à moi est une fontaine de vie !
Il a fait un vœu avec toutes les femmes de Nubie,
Mais aucune n'a arraché de lui le pacte de survie ;
Les cloches de son cœur sont longtemps restées en sursis,
Jusqu'à l'instant féerique de cette explosion de rubis ;
Les papillons et les marguerites en sont encore ahuris ;
Mon amour à moi est une fontaine de vie !

Celui que j'aime est une fontaine de sagesse !
Malice et pragmatisme sont le lot de son palmarès,
Tandis que Don Juan professe vice et maladresse ;
Avec lui, sel et mayonnaise sont dosés avec adresse,
Si bien que soupe et marmelade sont toujours digestes ;
Avec lui, la super - quinine a une saveur de sucrette ;
Celui que j'aime est une fontaine de sagesse !

L'honoré de mon cœur est une fontaine de bonheur !
Aucun mâle ici bas ne m'a autant fait honneur !
Avec moi au rendez – vous de ce grand bonheur,
Les êtres et les choses de la terre chantent en chœur ;
C'est au prix de grands sacrifices et de durs labeurs,
Que son âme toute entière s'est fondue dans mon cœur ;
L'honoré de mon cœur est une fontaine de bonheur !

Mon amour à moi est un refuge assuré !
Quand sonne le doute au milieu de la nuit fissurée,
C'est lui qui rassemble les étoiles pour me rassurer ;
Son sourire radieux est un bémol toujours désiré ;
Son amour pour moi ne pourra jamais être mesuré,
Mais je vous la lirai fidèlement, en écrivant son épopée !
Mon amour à moi est un refuge assuré !

10. LE NID DE L'AMOUR

Ma mère est un vrai havre d'amour !
Une source de bonheur, un vrai nid d'amour !
Le goût de l'amour est dans son lait :
Ma bouche en garde des saveurs exquises ;
La couleur de l'amour est dans son lait :
Je n'ai vu de couleur aussi belle que pure;
Maman est un vrai nid d'amour !

Ma mère est un vrai trésor d'amour !
Un gros carat de diamant, un vrai nid d'amour !
L'odeur de l'amour est dans le creux de son épaule :
Je l'ai respirée en m'y blottissant, en toute sécurité ;
Le chant de l'amour rythme les battements de son cœur :
J'ai beaucoup dansé sur cet air, sans jamais me lasser ;
Maman est un vrai nid d'amour !

TROISIEME PARTIE :

BOULES D'ESPOIR

11. PAYSANS DE LA PROVIDENCE

Ils sont de partout, et de tous les champs,
Ils viennent du tréfonds de la nuit des temps,
Ils viennent des entrailles de l'humanité d'antan,
Ils ont en commun le plus beau lilas des champs :
La mère - nature, la terre - champs !

Ils ont au total toute une kyrielle de numérateurs,
Mais aucun ne revendique un seul dénominateur ;
La forêt vierge se reconnaît à la boussole du planteur,
Quand elle a été déflorée par les génies de l'éleveur ;
Le maître conciliateur ne peut alors être qu'un agriculteur.

Quand le soleil de la fournaise brûle sans pitié,
Quand le froid cingle et joue avec ses joues ridées,
Quand la soif et la faim de vivre le font douter,
Quand la maladie le ronge et menace de le bouter,
Pour lui, tout est espoir et amour, prière et vérité.

Comparaison n'est pas raison, mais sans avoir raison,
Dites-moi en toute franchise, et sans aucune déraison,
Qui peut espérer, si grain mis en terre n'a pas de floraison ?
Qui peut sourire, si plantes et espoirs n'ont pas d'épiaison ?
Qui peut se rassasier, si courage de paysan n'a pas de moisson ?

Assurément, ils font vivre le monde de leurs multiples sacrifices ;
En retour, ils devraient mériter gratitude et plébiscite de bénéfices,
Car, après l'amour et le délicieux lait de notre mère nourrice,
C'est le fruit de leurs labeurs qui nous font vivre, gratis !
Assurément, ils sont pour nous des secondes mères nourrices.

12. L'ESPOIR EST AU FEMININ

A partir de l'instant mémorable de mon heureuse naissance,
Il me fallut avec imminence une certaine assistance,
A même d'assouvir toutes mes exigences ;
Je n'eus pas besoin d'interminables audiences
Pour endurer d'odieux faits de circonstances ;
Le seigneur dans son extrême indulgence,
Me la gratifia entièrement sans condescendance :
Ma mère fut l'apothéose de cette magnificence.
L'essence de la vie est au féminin !

De tous les immeubles que j'ai habités,
Son ventre est celui que j'ai le plus regretté ;
De toutes les nourritures que j'ai gouttées,
Son lait est le nectar que j'ai le plus dégusté ;
Sa main rugueuse avait une douceur veloutée ;
Son pas alerte a conduit le mien avec sûreté,
Sur les chemins rocailleux de la liberté ;
Sa compagnie était pour mon univers une fontaine de gaîté.
L'enfance a un goût de féminin !

Elle lit dans le plus profond de mes pensées,
Quand je pense avoir réussi à tout cacher ;
Son sacrifice pour moi est d'une constante fidélité,
Son amour de tout temps m'a toujours réconfortée ;
Après DIEU, elle est celle qui a donné sans réclamer,
Avec en prime un sourire qui m'a toujours envoûtée ;
J'y pense tous les jours depuis une éternité,
Mais je n'ai jamais su comment la récompenser.
Tous les amours sont au féminin !

Quand le mâle se sent menacé dans toute son entité,
C'est vers toi, éperdument, qu'il ramène sa responsabilité ;
En dépit de tous ses agissements sans bonté,
Tu lui as toujours accordé ta magnanimité ;
Quand bien même il t'aura ointe des pires saletés,
Ta sagesse demeure quand même une source de pureté.
Au prix de l'immense fardeau de tes gestités,
Tu as enrichi le monde de tes multiples parités.
La charité et la paix sont au féminin !

La nature ne t'a pas auréolée de sainteté,
Mais t'a investie d'une mission de grande notoriété,
Que tu devrais accomplir avec fierté et dignité :
Pour redonner au monde son originelle chasteté,
Il faudra faire preuve d'un peu d'honnêteté,
Pour reconnaître avec beaucoup d'humilité,
Que la femme, dans sa suprême majesté,
Est l'espoir assuré de toute l'humanité.
Le sexe fort est au féminin !

13. HOMMAGE A MARIE LA REINE

Mère Sainte et Divine,
Beauté pure et sublime,
Tes filles repues et comblées,
Devant toi sont prosternées.

Citadelle unique de dévotions,
Trésor de grâces et perle de Sion,
Tenkodogo jouit de ta bénédiction ;
Tu as engendré milliers de vocations.

Venues de monts et plaines,
Bichettes craintives et frêles
Ont trouvé fibre maternelle
En toi, mère sensuelle.

Pour la douceur de ton sein,
Et pour ce havre serein,
Pour le pain quotidien,
Et pour l'espoir du lendemain,
Merci Marie, Reine Mère !

Pour l'eau fraîche et tonifiante,
Et pour la parole vivifiante,
Pour l'unité conciliante,
Et pour la paix réconfortante,
Merci Marie, Reine Mère !

Tu as guidé nos pas indécis,
Repères et assurance sont ici ;
Pour ce que nous avons appris,
Et pour les rires de nos amis,
Les anges te disent merci !

Fillettes et filles sont femmes,
Cueillettes et quêtes sont abondance ;
Grâce à toi, Notre Dame,
Nos vies sont nectar et calme,

Et les archanges du ciel t'acclament.

Nous fleurissons les champs,
Et les oiseaux sans fin te chantent ;
Nous chérissons l'enfant,
Et protégeons l'innocent,
Et leur joie sans cesse te vante.

En nous tu as tout semé,
En toi nous avons tout misé ;
Pluies et grêles tombées,
Or et diamant nous avons amassés.

Mère d'amour,
Au cœur de velours,
Pour toujours,
Nous te vouons amour ;
Merci Marie Reine !

14. YENNENGA, HERITAGE DE L'EXCELLENCE

Depuis mille lunes, Gambaga vivait des jours et des nuits sans fête,
Et on attendait avec impatience l'héritier mâle, pour enterrer la défaite.
Mais le sort a jeté son dévolu sur une Eve, une innocente nymphette.
Elle entra ainsi dans le harem paternel, comme un nuage à la sauvette.
Rien, absolument rien ne prédisposait au piédestal cette jolie minette,
Mais elle se hissa brillamment sur la toile de l'histoire, jusqu'au faîte,
Sans tambour ni canon, seulement au son de quelques castagnettes !
YENNENGA est l'ébauche de l'excellence !

Sa destinée a croisé la chevauchée d'un cheval blanc, sans le sou et sans avoir.
Ce cheval l'a menée sur tous les sentiers battus, à la quête du savoir :
Ménagère résignée pour honorer la tradition du féminin, par devoir ;
Et guerrière intrépide pour défaire le mythe de la virilité, avec victoire !
Du foyer au champ de bataille, son école était unique, un vrai parloir.
La fin de son épopée est une autre aventure, animée et sans déboires :
La rencontre de RIARE et la naissance de OUEDRAOGO, dans la gloire !
YENNENGA est le creuset de l'excellence !!!

Nous sommes de la génération d'un monde barricadé, bariolé au vitriol,
Sans repère et sans accoudoir de sûreté ; pour nous il n'y a pas d'étole,
Comme il est vrai qu'il n'y a pas de miel sans abeille et sans alvéole !
Icone de courage et de persévérance, YENNEGA est une grande école.
Incarnation du mérite dans le genre humain, YENNENGA est une obole.
Pour affranchir notre intelligence, YENNENGA pourrait être du bémol.
Je suis YENNENGA, tu es RIARE, OUEDRAOGO est une auréole !
YENNENGA est mon héritage !!! Ma devise est « excellence » !!!

15. NOEL EN HISTOIRE

Tout est parti de la sérénade au verbe aimer,
Et le fils de Dieu se fit Homme pour nous aimer ;
Sa naissance par tous n'a pas été aussi désirée,
Mais aucun évènement sur terre n'a autant été fêté ;
Croire en cette histoire ressemble à un caïman d'été,
Mais essayez quand même : vous y verrez de la piété ;
Petit JESUS était un Homme de sainteté !!!

L'heureuse élue qui l'a conçu, couvé et enfanté,
N'a pas eu besoin de gynécologues d'un grand doigté,
Encore moins d'un consortium de maternités huppées ;
Tous les anges et tous les saints de sa Majesté,
Etaient à son service, en mission commandée,
Pour un enfantement par une nuit de grande beauté ;
Petit JESUS avait une mère de grande bonté !!!

Depuis sa naissance, l'humanité a un autre visage ;
Les fleurs du mal ont été balayées du paysage,
Et la souillure du péché déversée au barrage ;
Tous les hommes ne sont pas encore des rois mages,
Mais le cœur du Petit JESUS a gagné pas mal de sages ;
Dieu et les hommes célèbrent encore ce nouveau gage ;
Petit JESUS a sauvé l'univers d'un grand naufrage !!!

De toute cette histoire, rien n'est dit sur son paternel ;
Que voudriez-vous que l'on dise encore de sensationnel,
Sur ce Dieu Unique qui a fait tant et tant de merveilles ?!!!
A moins de raffoler de redites et refrains sempiternels ;
Le ciel et la terre sont remplis de son immensité pérenne ;
Vous et moi pouvons encore profiter de son amour perpétuel ;
Petit JESUS est un grand Homme ; Son Père est l 'ETERNEL !!!

16. L'ENFANT PRODIGE

Il n'y a rien de plus beau et de plus franc,
Il n'y a rien de plus fort et d'aussi vrai,
Que cette rencontre de deux atomes crochus,
Pas toujours programmée, mais jamais fortuite ;
Dans tous les cas, son résultat est magnifique :
Tout enfant est un prodige !

Son pleur attendrit le cœur de pierre
Du plus sanguinaire des assassins,
A moins qu'il ne soit Lucifer en personne ;
Son sourire désarme le lus brave des soldats,
Sans qu'il écope de la moindre sanction ;
Tout enfant est un prodige !

Il ravive l'amour entre hommes et femmes ;
Il fait vivre et revivre la vieillesse avachie ;
Le chat et le chien sont ses meilleurs amis ;
Celui qui le protège est plus grand que tout,
Au point de lui conférer tous les droits et atouts ;
Tout enfant est un prodige !

Que celui qui n'approuve pas démontre le contraire !
Les générations passent, mais le monde se renouvelle,
Grâce à la poésie et au miracle de toutes les naissances !
Chaque enfant est un président d'hommes et de femmes ;
Ne faites surtout pas de son excellence un martyr ;
Tout enfant est un prodige !

17. REVES D'ENFANT

Si je pouvais ? Bien sûr que je le ferais !
Si je pouvais ? Volontiers, je l'aurai fait :
Je ferais qu'il n'y ait ni noir, ni blanc,
Mais des hommes, avec des grains de beauté.

Si je pouvais ? Bien sûr que je le ferais !
Je ferais que l'homme soit la femme, en un,
Et que leurs cœurs battent la mesure à l'unisson,
Dans un concert de bonté, d'amour et de charité.

Si je pouvais ? Bien sûr que je le ferais !
Je ferais que les riches et les pauvres soient associés,
Que le bonheur et la paix inondent le deuil et la misère,
Et que tous les enfants du monde célèbrent la vie, en rose.

18. ENFANT JE SUIS

Citoyens et citoyennes de tous les pays,
Ne vous y méprenez pas, surtout pas !
Je suis enfant, mais je connais mes droits,
Je suis enfant, mais mon cœur est bien grand,
Je suis enfant, mais je vois le monde en grand.

Enfant je suis, mais déjà je suis fané,
Je saigne, je souffre et je meurs de pitié
Pour tous ces enfants aux droits bafoués,
Pour tous ces parents virtuels à l'esprit frelaté,
Et pour ce monde qui vacille comme un damné.

Je suis enfant, mais je me permets de vous dire,
Avec la dernière énergie qui émane de mon soupir,
Que je ne saurai bâtir un monde de paix et d'avenir,
Si vous m'apprenez à construire avec du feu et des vampires ;
Je suis l'adulte de demain, pour un monde en devenir.

19. MON HERITAGE

Je connais déjà la valeur de mon héritage ;
Il ne prend point de place dans mes bagages :
C'est une planète déboussolée qui n'a plus de mentor ;
C'est un hôte qui n'a plus de gîte à offrir que le pôle nord ;
Mon héritage est une forêt vierge décimée par torture,
Avec une rivière rougie par le sang des sacrés silures.

Du monde, j'ai hérité la culture de l'inconscience ;
De ma famille, je tiens la queue du cobra, avec insouciance ;
De l'école, il ne me reste plus que dix lettres de l'alphabet ;
De la rue, je retiens que le fil de la vie ne tient qu'à un crochet ;
De grâce, aidez-moi, diligemment, à refaire cet héritage,
En nous remettant tous à l'école de la vie des sages.

20. RELIQUES DE DIVORCES

Je suis orphelin de parents vivants,
Qui n'ont plus en eux un iota de sentiment.
Ils se sont aimés d'un amour presqu'ardent,
Qui a fini par un divorce très fracassant.
Quelle histoire de boniments
Pour une aventure d'amants !

Au moment de cette décision machiavélique,
Mon avis n'a pas pesé plus lourd qu'une brique.
Malgré les larmes de sang sur mon visage angélique,
Mes géniteurs ont quand même tenu à jouer au cirque.
La déchirure a été pathologiquement hémorragique.
Je suis le sang noir d'un drame olympique !

Ecartelé entre ces deux montagnes d'intérêt,
Le diable et les saints se disputent mon destin.
Je ne comprends rien à ce cynique jeu mesquin,
Et l'école pour moi n'est plus un lieu serein.
Je suis aux abois, à la croisée des chemins,
Je cherche les quatre points cardinaux, en vain !

Que vais-je maintenant devenir ?
Je passe de la terre à mars sans coup férir.
Qu'importe mon statut de réfugié ou de martyr,
Je suis en quête d'une meilleure banque d'avenir.
Qui me propose une nouvelle planète à découvrir,
Afin que les divorcés réconciliés puissent s'y re-unir ? !
J'attends et j'espère ! ! !

21. NOUS SOMMES DES PARIAS

Je me demande comment la poule est née,
Puisque l'œuf en lui-même n'est pas inné.
En dépit de cette équation imaginée,
Le coq demeure une créature « inimaginée ».
Je suis un paria !

Tu n'as jamais su conjuguer le verbe « aimer »,
Alors que sur la terre comme au ciel, tu es plus que aimé.
L'amour pour toi n'est pas une priorité d'aîné,
C'est pourquoi ta vie est un arc-en-ciel sans henné.
Tu es un paria !

Il a pour prérogative de toujours prendre les devants,
Même quand la nature ne lui gratifie d'aucun vent.
Elle a toujours pour mérite de le hisser au-devant
Même quand en sa faveur il ne souffle que du vent.
Il a l'air d'un paria ; elle est une gloria !

La couleur de notre sève nourricière est unique,
Mais nous l'avons cisaillée en plusieurs rubriques.
Au nom de la pigmentation naturelle de notre tunique,
Nous avons scindé le monde en principauté d'eunuques.
Nous sommes tous des parias !

Vous êtes parvenus à la cime du mont astral
Sans avoir affronté la bourrasque du mistral.
Vous croyez donc avec la certitude la plus banale,
Que votre volonté à titre suprême est toute magistrale.
Vous n'êtes que des parias !

Elles ne sont plus de la même espèce divine,
Si bien qu'ils se recouvrent d'un voile livide.
Elles sont des parias aux postulats limpides,
Ils sont des parias aux aspirations lucides.
Un paria peut en cacher un autre !

22. HAITI, L'AUTRE AFRIQUE

La terre a tremblé, et j'ai ressenti la secousse.
La terre a tremblé, et les enfants ont eu la frousse.
La terre s'est fendillée, puis a avalé des pelles de pouces.
Aujourd'hui, je m'évertue à ce que tout repousse.
Mon cœur saigne pour Haïti !!!

Partis d'Afrique, ils ont tout donné, ils n'ont rien pris.
Affranchis des serres de l'aigle, ils ont bâti cet abri,
Havre de compte et de décompte, où tout est gris,
Jusqu'à cet instant fatidique où ils furent tous surpris.
C'est pourquoi mon cœur saigne pour Haïti !!!

Je ne veux pas d'explication à cette catastrophe,
Parce que dans cette vie tout est en apostrophe.
Autant on jubile de joie, autant le revers peut être atroce.
Je n'accuse personne, je n'en ai ni le droit, ni la force.
Mais mon cœur pleure pour Haïti !!!

Je saigne et je pleure, et de sang, et de larmes, et d'espoir.
Toutes ces vies englouties sous terre ? Germes amers d'espoir!
Toutes ces plaies ouvertes en cupules ? Des creusets d'espoir !
Tous ces miracles au milieu du doute ? Promesses d'espoir !
Mon cœur saigne, mais Haïti se relèvera !

23. NOSTALGIE

Je ne reconnais plus mon beau village !?!
Paradis autrefois niché dans un nuage,
La furie de l'évolution, tel un carnage,
Est venu tout détruire sur son passage ;
Il ne me reste plus qu'un adage !

Les artifices ont usurpé dans la légalité
Le sacre sacré de la ceinture de chasteté,
Si bien que pour dénicher un fétu de vérité,
Il faudra réécrire le manifeste de la liberté ;
Où est passée l'authenticité ?!

Les enfants ne jouent plus à « vache qui rit » ;
C'est la boîte télévisuelle qui les a abruti ;
Garder les moutons a été côté en classe d'hérésie,
Et la joie de l'innocence s'est muée en travesti ;
Notre descendance se meurt de pleurésie !

Et que dire de la femme, l'autre moitié ?!
Fontaines et foyers ont été châtiés : plus d'amitié ;
Le bon couscous est pressé sans pilon ni mortier,
Et le pagne exotique a envahi tous les quartiers ;
Qui me ramènera ma féminité ?!

Les bouts de bois de Dieu sont passés au diable,
Avec des stigmates de singes non identifiables ;
Le phallus n'a plus un rang de présidentiable,
Et l'arbre à palabre est aujourd'hui devenu une étable ;
Mon beau village se trouve dans un sale virage !!!

QUATRIEME PARTIE :

TRESOR DE SANTE

24. SERMENT D'HIPPOCRATE

Il est en passe de devenir un serment d'hypocrites,
Car nous l'avons vidé de la noblesse de son sens.
Quel que soit le poids des difficultés sur nos têtes,
Quand bien même le vent aura changé de direction,
La maladie et la souffrance seront toujours en l'homme.
Devrions-nous demeurer sourds aux cris du malheureux ?
Ô serment d'Hippocrate, touches nos cœurs,
Et réveille tous nos bons sens !

Qu'est-ce qui a bien pu se passer sur la planète,
Au point de nous transformer en spéculateurs de vie,
Pour boire du sang à la place du vin rouge de table ?!?
Quand bien même il nous faudra survivre à la globalisation,
Serait-ce au prix de la banalisation du calvaire du juste ?
Si nous devrions amasser trésors et richesses ici-bas,
Il nous faut compter avec le nombre de vies sauvées, sans taxe !!!
Ô serment d'Hippocrate, touches nos cœurs,
Et rétablie notre intégrité !

S'il y avait à le remplacer, par quoi serait-ce possible ?
Avant de songer à le remplacer, il faudra tout reconsidérer :
Proposer l'euthanasie à tous les candidats au suicide,
Et la poudre aux rats à tous ceux qui souffrent de grippe.
A moins d'un second avènement cosmologique du big-bang,
Force, légalité et légitimité doivent rester au serment d'Hippocrate,
N'en déplaise aux explorateurs dont le navire a touché le fond.
Ô serment d'Hippocrate, touches nos cœurs,
Renforce notre humanisme et notre humanité !

25. SAGES – FEMMES D'UN MILLENAIRE

Eden fut mon berceau :
Quand Adam ne put honorer la parole donnée,
Et quand l'Eve eût mangé du fruit défendu,
Pleurs et douleurs accompagnèrent la vie ;
Pour embaumer et panser la meurtrissure,
Je naquis à Eden !

Ma vocation est noble :
Auréoler le rêve de millions d'oisillons,
Couver le bonheur de Roméo et Juliette ;
Préserver la vie, pour que la vie éclose,
Et que la terre se régénère.
Noble est ma vocation !

Le grain de sable est amer :
Autrefois adulée et magnifiée,
Ma chevauchée fut fantastique ;
Aujourd'hui bafouée et sur la touche,
Je souffre de maux et de doute.
Amer est le grain de sable !

Le ver est dans le fruit :
La barque de ma conscience est fêlée ;
Sans sursaut salvateur, je vais me noyer.
Des brebis galeuses ont envahi le troupeau,
Elles poussent impunément ma tête au couteau.
Le fruit est véreux !

J'appelle au secours !
La morale a rendu l'âme dans la cité,
Et les dix commandements n'ont plus droit de cité ;
La bêtise humaine ravage par épidémies,
Et la gente animale s'humanise par dépit.
J'appelle au secours !

Je veux renaître à Eden !
Tanner ma conscience et polir mon cœur,
Pour refaire un serment d'honneur ;
Redonner l'espoir à la vie qui agonise,
Pour remodeler une profession d'avenir.
D'Eden, il me faut renaître !

26. MA SAGE-FEMME. J'Y TIENS !

J'ai vu le jour au petit matin du mois béni de mai,
Investi d'une mission d'envergure pour le lendemain.
Ne voyez pas en moi un simple gentil bambin,
Sans doléances étouffantes et sans entrain.
Je suis la voix d'un millier de petits chérubins,
Qui crient à la face du monde ingrat des humains
Que « nous tenons à notre Sage-femme » !

On m'a dit qu'elle ne souriait pas assez,
Et qu'en matière d'accueil et de civilités,
Elle ne savait rien y faire, rien que des œufs cassés.
Sans être l'avocat ou le juge d'une bataille rangée,
Je puis vous dire qu'elle n'est pas du tout insensée,
Et que son cœur est loin d'être un piston enchâssé.
En dépit de tout, « je tiens à ma Sage-femme ».

On ne m'a pas dit qu'elle pleurait souvent de douleur,
Quand, en lieu et place d'un festival promis au bonheur,
La tribu de postulants se trouve plongée dans le malheur.
On ne m'a pas dit qu'elle endurait beaucoup de rougeurs,
Quand on lui jette à la figure toute cette charge d'horreurs,
Sans ménagement, sans chaleur et encore moins de pudeur.
Malgré tout, « je tiens à ma Sage-femme ».

Savez-vous ce qu'elle endure en temps et en usure ?
Moi je le sais, pour l'avoir vue au milieu de cette masure,
Livrée à elle-même et aux tourments de toutes les conjonctures,
Vouée à délier les nœuds, pour sauver à tout prix le présent et le futur.
Cela, on ne me l'a pas encore dit, jamais dit : parodie ou sinécure ?
Même sans réponse, nous lui sommes redevables, nous « le futur ».
Par-dessus tout, « je tiens à ma Sage-femme ».

27. LA FLEUR BRULEE

Elle s'en est allée prématurément à Noël,
Pendant que nous fêtions l'Emmanuel.
Dans la joie de cette nativité solennelle,
Une mère était plongée dans une douleur mortelle.

J'ai vainement imploré un invisible oracle
Afin qu'il daigne opérer un quelconque miracle.
J'ai brûlé de l'encens aux quatre coins du tabernacle,
Mais mon sort était lié à un bataillon d'obstacles.

Ma fleur du printemps s'est éteinte,
Et mon cœur blessé s'émeut dans une ultime étreinte.
La flamme maternelle jamais ne sera éteinte,
Tant que la vie sur moi aura une empreinte.

La mort en maître absolu a cru avoir triomphé,
Mais en vérité, elle a lamentablement échoué,
Car en chacun de ces milliers d'enfants adorés,
Ma fleur du printemps s'est réincarnée.

Mort, où est donc ta victoire,
Puisque tu n'as aucune emprise
Sur le souvenir vivace de ma mémoire.
Si tu pouvais tirer leçon de l'histoire,
Tu comprendrais qu'en définitive,
Jamais pour toi il n'y aura de victoire,
Car pour nous, chaque enfant est une victoire !

28. L'EXCISION EXCISEE

On me l'a bafoué et mutilé au début de l'antiquité,
Et depuis lors, je n'ai plus retrouvé ma pureté.
Ecartelée sur l'autel des traditions de l'improbité,
Je souffre des affres de cette ignoble calamité.
Oh excision, j'ai mal à mon intégrité !!!

Qui suis-je aujourd'hui ? Une Eve sans sexualité !
Que serai-je demain ? Une beauté sans sensualité !
L'inanité de cette pratique a entaillé ma maternité,
Pour ériger la loi de la masculinité et de l'iniquité.
Oh excision, je revendique l'égalité !!!

Par milliers d'âmes, on nous a conduites à la boucherie,
Sans qu'on ne comprenne l'énormité de cette duperie.
Mais quand toute la planète découvrira la supercherie,
Le glas sonnera inexorablement pour la fin de l'utopie.
Oh excision, je survivrai à la malice de ton hérésie !!!

Je chante la gloire des artisans de la vie et de la liberté,
Pour que cesse à jamais la charcuterie de ma féminité.
Au nom de mon droit intangible à l'amour et à la félicité,
Force doit revenir à la tolérance zéro, sans calcul ni captivité.
Pour toujours et avec véhémence, excisons l'excision !!!

29. STOP AU SIDA

SIDA !
Sombres sont tes origines,
Et vil est ton crime ;
Tu n'as ni patrie, ni ami,
Tu ne peux être qu'un ennemi.

Tu es sans foi, ni loi ;
Pour l'orphelin d'un soir,
Il n'y a pas de purgatoire,
Car tu n'es que déboires.

SIDA !
Que de peurs et d'effroi,
Mais toi tu n'es que froid ;
Que de pleurs et d'émoi,
Mais toi, tu n'es que ciment.

Tu as sanctionné l'indécence,
Mortelle est ta sentence ;
Tu as réduit l'amour à méfiance,
Et l'enfant n'a plus confiance.

SIDA !
Si détruire est ta vocation,
Réagir est notre obligation.
Quelle que soit ton ambition,
Ferme sera notre détermination.

La souffrance a séché nos pleurs,
La douleur a forgé nos cœurs.
Le sursaut a jailli des cimetières,
Notre devise : t'envoyer au cimetière.

SIDA !

Tourmentes et tempêtes passées,
Espoir et renaissance sont la panacée.
Si d'aventure tu m'étais conté,
Ce serait assurément au passé.
Si tu penses survivre aux trépassés,
Ce n'est que rêve et orgie d'insensé.

Appelé de ma race,
A SIDA, pas de grâce :
Batailles avec rage ;
Résiste avec courage ;
Pour l'histoire,
Remporte la victoire ;
A la foire,
Conduis la gloire.

30. PRIERE ATYPIQUE AU COVID-19

Covid-19, sangsue immonde débarquée du cosmos chinois,
Que ton nom soit mille fois diabolisé et maudit à jamais,
Que ton règne ne soit qu'un feu follet sans assise ni avenir,
Que ta volonté de tout détruire ne soit jamais exaucée,
Ni sur terre, ni dans les airs, encore moins au ciel.

Redonne-nous aujourd'hui notre paix et la sérénité d'antan,
Pardonne-nous notre désir de te précipiter au tréfonds de l'enfer,
Comme nous pardonnons aussi au pangolin qui nous a trahis,
Et ne nous laisse pas entrer dans une colère funeste contre toi,
Alors, libère ta couronne, et va chercher ta royauté ailleurs, amen !

31. A TITRE POSTHUME

JE SUIS PARTIE POUR UN VOYAGE SANS RETOUR !
J'ai perdu le souffle de vie en donnant la vie :
Destin par forceps de millions de femmes,
Tragédie sans visage d'orphelins nés viables,
Calvaire de familles endeuillées et déboussolées.

JE SUIS PARTIE POUR CE VOYAGE SANS RETOUR !
Mais la volonté divine n'était pas consentante ;
Je suis partie pour ce voyage de non-retour, car
Les stalagmites et les stalactites se sont entrelacées ;
Sans pitié, elles ont bâillonné la vie, au prix de ma vie.

JE SUIS PARTIE !
Car le pays profond était ma patrie :
Patrie des oubliés démunis sans droits,
Où ma cabane est aussi hôtel et hôpital,
Et ma mère enseignante et soignante.

JE SUIS PARTIE !
Car ma force de frappe était nulle :
Nulle dans ce monde d'euro et de dollars,
Où il faut même payer le bonjour et le sourire ;
Mon pêché était pauvre, et ma pauvreté un vice.

JE SUIS PARTIE !
Car il n'y avait rien pour me sauver :
Rien pour accompagner le bistouri émoussé et rouillé,
Rien pour retenir ce jet de sang vital dans mes veines,
Rien pour désaltérer les ouvriers ployant sous la tâche.

JE SUIS PARTIE !
Car les acteurs ont confondu les rôles ;
Le bon samaritain voulait un salaire de roi,
Le veilleur de jour s'est endormi à points fermés,
Et toutes ces erreurs ont été fatalement mortelles.

C'EST POURQUOI JE SUIS PARTIE !
De l'au-delà, je crie ma haine et ma colère ;
Dans l'au-delà, je prie pour un renouveau,
Dans l'au-delà, j'espère que plus jamais
Une femme ne mourra en donnant la vie !
Je suis partie, pour un voyage sans retour.

32. HOMMAGE A L'ECOLE NATIONALE DE SANTE PUBLIQUE (ENSP)

C'est une école à vocation professionnelle,
Avec une certaine aura dimensionnelle ;
Dans la quête d'un postulat existentiel,
L'on pourrait y trouver mille choix de modèles,
A la mesure d'une vocation spirituelle
Ou d'un besoin non conventionnel ;
L'ENSP est grande ! L'ENSP est belle !
Magnifions-la dans sa trentaine !

Pour un monde de bonheur et en santé,
Virginia Henderson signa le premier traité ;
Pour le bien-être de toute la communauté
Et pour un Burkina rayonnant de santé,
L'ENSP perpétue ce noble pacte de complicité ;
Elle est le berceau et l'enseigne de la charité ;
L'ENSP est grande ! L'ENSP est notre fierté !
Glorifions-la dans sa dignité !

L'ENSP, c'est une forteresse en cinq bastions :
Ouagadougou est l'aînée de la file des fistons,
Mais Bobo-Dioulasso était déjà en gestation ;
Ouahigouya est venue enrichir le trésor du filon,
Et Fada-Ngourma a mis de la lumière aux néons ;
Koudougou n'a pas encore fermé le marathon !?!
L'ENSP est bien grande ! Son champ est fécond !
Célébrons en beauté la fête de ses moissons !

Temple du savoir des sciences de la santé,
Elle sait tout de l'homme et de son humanité :
Des circonvolutions du tube digestif constipé
En passant par le conduit des narines dilatées,
Elle sait quand il faut proposer la tasse de thé,
Plutôt que d'appliquer un forceps de sécurité ;
L'ENSP est grande ! En tout, elle a du doigté !
Ensemble, chantons un cantique à sa majesté !

A l'ENSP, la vie est objectivement spécifique :
Formateurs et formés n'ont pas la même perruque ;
Dirigeants et dirigés lisent des versets prophétiques,
Et tout cela sur un fond de transes et de musique ;
Mais quand le démon de midi devient très cynique,
Toute l'ENSP fait front autour d'un dé angélique,
Pour conjurer le sort des prédicateurs maléfiques ;
L'ENSP est grande ! Son design est unique !

Elle a défié tous les griefs, en un instant de rodage
Pour enfanter des fées, des moines et des mésanges ;
Par temps de paix ou dans la furie des grands orages,
Elle est toujours au rendez-vous de la vendange ;
C'est un triomphe pur, pétri d'abnégation et de courage ;
Vivement, que brille à jamais l'étoile des rois mages !
L'ENSP est grande ! Elle trône dans la cour des sages !
Chantons-lui un hymne de longévité à travers les âges !

33. HYMNE DE LA SAGE-FEMME DU BURKINA

REFRAIN :
Sages-femmes du Burkina Faso,
Et Maïeuticiens de notre chère patrie,
Le pays des hommes intègres,
Engageons-nous en toute conscience,
Pour servir l'humanité entière.
Engageons-nous de tout notre cœur,
Pour bâtir notre Faso bien aimé !

COUPLETS :

1) La vie est un don merveilleux du ciel,
Nous devons la respecter à tout prix.
La santé est précieuse, il n'y a pas de gratuité,
Nous devons la préserver à tout prix.

2) Profession de foi sur le gage d'Hippocrate,
Le monde est témoin de ton serment.
Dans l'adversité ou dans la plénitude,
N'oublie jamais ton pacte de vie toute ta vie.

3) Tisse ton métier sur l'honnêteté,
Avec une dose de bonté.
Revêt l'empathie sur ta dignité,
Tu seras béni-e des dieux et de Dieu.

4) Entends les soupirs empreints de douleur,
Et ton prochain qui t'appelle au secours.
Ne reste pas sourd aux cris du malheureux,
Répond présent toujours et partout, en héros.

5) De Pô à Dori et de Dandé à Pama,
Le Faso a besoin de ton expertise.
Pour donner la vie et rester en vie,
Femmes et hommes espèrent en toi, avec foi.

6) L'avenir radieux de notre Faso,
C'est une pépinière d'enfants valeureux.
Arrosons les plants pour que poussent les bourgeons,
Ils produiront des fruits en or, et du bonheur !

7) En union d'action avec tous nos amis,
Et avec tous les Burkinabè,
Redressons l'échine, et main dans la main
Avançons vers les succès et la victoire !

COUPLETS DE FIN POUR ANIMATION

1. Sages-femmes, battez-vous, sauvez des vies,
Maïeuticiens, conjuguez vos efforts contre la mortalité !

2. Sage-femme, accueille bien les femmes,
Maïeuticien, travaille à mériter un merci et qu'on t'acclame !

3. Sage-femme, de bonté que tu brilles,
Maïeuticien, cultive et la paix et la joie dans les familles !

4. Sages-femmes, espoir de la nation,
Maïeuticiens, jamais ne trahissez l'espoir de la nation !

Printed by Books on Demand GmbH, Norderstedt / Germany